KB237338

Park Joon-Young

시인 박준영

얼짱, 너는 꼬리가 예쁘다

얼짱, 너는 꼬리가 예쁘다

박준영 시집

얼짱, 너는 꼬리가 예쁘다

Poetics 시학

박준영 시인의 생활과 시

김 규 동
(시인 · 한국작가회의 고문)

이 책은 박준영 시인의 세 번째 시집이다.

첫 시집『도장포엔 사랑이 보인다』(2000), 두 번째『장안에서 꿈을 꾸다』(2006)를 잇는 책이다.

나는 이분 시집이 나올 때마다 외람되게 서문이라는 걸 썼다. 이번에도 또 쓰라기에 "이번만큼은 문단의 다른 선배한테 부탁하라"고 당부했으나 결국 어찌하는 수 없이 다시 쓰게 된 것이다. 이래도 되는지 모를 일이다.

박 시인은 천성이 대단히 부지런한 분이다. 고희를 맞는 지금에 이르러서도 독서와 글쓰기를 게을리 하지 않을 뿐 아니라, 틈만 나면 배낭을 메고 길에 나선다. 풀과 나무와 산, 바다와 구름과 하늘을 더 가까이서 접하고자 정처 없이 여행길에 임한다.

걸으면서 보고 듣고 느끼고 생각하는, 문자 그대로 '친자연' 생활에서 기쁨과 낙을 체득하는 것이니 근면 없이는 이런 생활을 할 수 없을 것이다.

이분의 노트에는 항상 시가 새까맣게 적혀 있다. 수첩에는 산, 개울, 다리, 사찰, 스님 이름, 새와 풀이름이 수없이 기록되어 있다. 이것들이 곧 시의 소재가 되는 것이다.

이번 시집에서는 유머와 풍자가 대단히 중요한 역할을 하고 있다. 우리나라 풍자 시인의 시조는 뭐니 뭐니 해도 김립 선생이겠으나, 풍자와 유머가 메말라 버리기 쉬운 풍토에서 이 같은 소양을 가진 시인을 만나는 것은 뜻깊은 일이다.

웃는다는 것은 귀한 일이요, 닫힌 것을 열어 주며 해방을 맛보게 하는 상서로운 일이다.

세상이 막혀서 웃을 일이 너무나도 없다. 그런데 함께 웃어 줄 만한 사람을 만나니 이 얼마나 반가운 일이던가. 세상만사 우스운 꼴을 보고도 웃을 줄 모른다면 그것은 치명적인 무지요 야만일 게다.

박 시인의 시에는 웃음에 대한 배려가 풍부히 깔려 있다. 이것은 이번 시집에서 특기할 인상들이 아닌가 한다.

툭!// 가슴이 철렁// 우주가 떨어진다// 빠알간 햇홍시 하나// 제 색깔 못 이겨// 그 우주 맛있게 통째로 삼키는// 이 가을

1부에 보이는 「홍시」의 전문인데 감 이야기를 쓰되 이같이 유머러스한 표현을 사용한 것은 드문 일로, 한마디로 재미있는 시이다.

기법이 경이로운 느낌을 준다. 단절이 심하니 신기롭고 새로운 발견이 있으니 쾌감이 이는 것이다.

또 4부에 보이는 「나는 자꾸 나를 때린다」 역시 유머와 풍자가 잘 조화된 가작의 하나일 것이다.

나는 팽이다/ 아니 팽이채다// 나는 팽이면서/ 팽이채
다// 나는 나를 때린다/ 때리면 때릴수록 팽이처럼/ 너무
잘 돈다// 너무 잘 돌면/ 팽이가 그냥 서 있는 것처럼/ 나
는 너무 잘 돌아/ 지금 그냥 서 있다// 때리지 않으면/ 쓰
러지는 나/ 잘 돌아 잘도 서 있는 것처럼 보여야 하니까/
어제도 오늘도/ 나는 자꾸 나를 때린다!

이 시는 일반적인 문장으로 썼더라면 한낱 교훈시나 상식적인
이야기 시에 그치고 말았을 터인데 대담하게 풍자를 택하여 3단
논법으로 구술하여 성공을 거둔 작품이다. 읽기에 재미가 있고 기
억에 남는 시편인 것이다.

이와 같은 경향은 첫 시집과 두 번째 시집에서는 볼 수 없던 특
징으로 나는 이러한 경향을 박 시인의 뚜렷한 발전이라 여기고
있다.

박 시인은 오랜 세월 방송문화계에서 종사해 온 원로 방송인이
다. 방송에 관한 전문지식 또한 대단하지만 문학을 향한 열정 또
한 뜨겁다.

문학과 저널리즘은 사촌 간이다. 신문, 방송에서 닦은 빼어난 기
량과 지식을 작품 생산에 더 많이 활용해 주기를 당부드리고 싶다.

중학생 때부터 시를 썼으나 실제로 문단에 나온 것은 만년에 이
르러서다. 이것은 아쉬운 일이나 앞으로 더욱 좋은 작품을 쓴다면
지나간 날의 공간을 충분히 메울 수 있으리라 믿는다.

2009년 11월

■ 시인의 말

나는 우주 허무요 지구 빈털터리
― 심심해서 일어난 일들

- 옛 사람 넘기 그리도 어려웠다는 고희 고개를 혼자 넘자니 힘
들다 아니 힘들기보다 심심하기 짝이 없다 그러니 심술도 떨어 보
고 수리수리 마술도 부리고 싶다 심심해서 말이다 성聖 모세의 기
적이나 생生 예수의 이적 따윈 못 넘겨보지만, 그 있잖아 길거리
약장수나 알바 아마추어 대학생도 다 할 줄 아는 마술 요술 같은
것 거룩하신 신들도 심심하니까 싸우거나 싸움을 붙이거나 헛된
장풍을 날리지 않던가? 그래서 막은 열리고

1)
해야 솟아라 하니 해 뜨더라, 동에서 서로 한 치의 오차도 없이,
질서를 자알 지키며 운행하더라, 거기다 보너스로 따뜻한 기운을
만물에 고루 아낌없이 뿌려 주더라 하느님께서도 보시기에 좋았
다고 하시더라*

2)
물아 흘러라 하니 물은 높은 데서 낮은 곳으로 흐르더라 왕도
비렁뱅이도, 모란도 개망초도, 사자도 지렁이도, 버러지도 바위도
구별 않고 몸을 적서 주면서 흘러가더라 노자 장자도 덩달아 좋아

좋아 하더라**

3)

　땅이 심심하다 하니 자작나무도 선인장도 심어 준다 아카시아
꽃에 밤꽃 칡꽃 향기 퍼뜨려 잠을 설치게 하더니 복사꽃, 능금꽃,
벚꽃 피워 일용할 양식까지 싸 준다 아무렴, 만물도 배가 불러야
태도 나고 때깔도 곱지

4)

　오랑캐가 아닌 달이 해를 베어 먹는 작은 사건이 생기긴 해도
모든 게 질서 정연하게 이뤄지는 그게, 심심해 심심해 이번엔 바람
을 불러 모으고 싶다

　해서 바람아 불어라! 하니 고기압에서 저기압 쪽으로 처음엔 살
랑살랑, 한들한들, 간질간질 불더니 미풍이 강풍으로 다시 폭풍 태
풍으로 변해 우주가 노했나 급기야 우주풍까지 불어닥쳐 심심한
내 육신을 따라다니던 그 불쌍한 그림자까지 확 쓸어가 버린다 이
제 나는 우주 허무요 지구 빈털터리이다

<hr>

* 『성경』 「창세기」 1장에 나오는 말씀을 원용함.
** 노자 장자는 물의 자연스러움, 막힘없음을 얘기함.

차 례

제4부

■후기

제1부

홍시

툭!

가슴이 철렁

우주가 떨어진다

빠알간 햇홍시 하나

제 색깔 못 이겨

그 우주 맛있게 통째로 삼키는

이 가을

참 웃기는 여자
— 그러나 귀여운

죽어 다시 태어난다면
난 남자 되어
나같이 요렇게 귀여운 여자 얻을 거야

- 그런 걸 두고
자화자찬이라는 게야

그럼 왜
다시 태어난대두
당신 같은 마누라 다시 만날 거야
그런 말 먼저 안 해

(참 웃기는 여자
그러나 절망적으로 귀여운)

- 그런데
우리 다시 태어나긴 하는 거니?

무덤과 반달

3 · 1 독립만세 불렀다는 할아버진
얼굴도 모른다

울 아버지의 어머니, 할머니는
"오냐 내 새끼" 하던 정으로 남아 있고

잡힐 듯 말 듯
아버지 어머니 그 모습도
손자 손녀에겐 이야기로 풍화된다

소리 되어 바람 되어
하늘에 걸린 반달처럼

무덤으로 남아 있는
할배 할매 아부지 오매
이제, 흙으로 살아가신다

My Dear 달 항아리

너를 보는 순간
난 하얗게 얼어붙는다

장터 나들이 나가신
어머니 치마저고리
하얀 젖빛으로 살아나고

파아란 하늘 늦게 지는 보름달엔
산배꽃 향기 흘러간다

'달덩이 달덩이 우리 달덩이'
날 어르시던 할머닌
묵은 김치 냄새로 우러나고

텅 빈 마음 걸터앉은 소나무 가지엔
삼라만상 오욕칠정 다 잠재운
부처 같은
세월 하나 걸려 있다

얼짱, 너는 꼬리가 예쁘다
— '자알생겼다, 그놈 이목구비가 뚜렷하군'

1

얼짱, 바로 얼굴이 잘생겼다는 말이다
눈, 코, 입, 귀란 놈들이 잘생겨 보이라고
이렇게 얼굴에 몰려 있을까

그것만은 아니지, 아니고말고

잘 먹기 위해서
더 잘 잡아먹기 좋도록
안 잡아먹히기 위해 요리조리

꼬리까지 잘생겼다면?
그게 바로 진짜 얼짱이지

2

꼬리가 이렇게 잘생긴 짐승,
잘 달리라고
안 잡아먹히려고

사랑하기 좋게, 사랑받기 좋게
옛날 할아버지 갓 만들기 편하게
말꼬리는 그래서 길고도 윤기가 자르르
참 잘도 생겼나

얼굴만 보고 사는 세상
그 얼굴 뜯어 먹고 사는 세상
얼굴 모양 하나 보고
예쁘다고 참 아름답다고?

잘생긴 꼬리 위해
박수 치는 세상은 없는가

얼짱, 너는 꼬리가 참 예쁘다

하루
— 외출에서 늦게 돌아와 보니 하나뿐일 수밖에 없는
한 여인이 홑이불을 둘러쓰고 훌쩍이고 있다

한 몸이었다가 서로 갈려 다른 몸이 된*

시집간 딸과 싸웠단다

서로 상처받고

듣는 나도 아파 온다

약수통 둘러메고 산길로 향한다

아이 밴 옥수수 일가가

수수하게 인사하고

짝을 진 노랑나비 훠어-휠

아는 체 손짓한다

하양 보라 알맞게 섞여 핀 도라지도

방긋거리고

이이잉 벌 소리 바쁘고

새 노래 하늘에 맑다

---

* 김초혜, 시 「어머니 · 1」에서 인용.

이렇게 온 세상 하늘이
마음 하나 비우면
다 친구인 것을

난 원래 눈이 좀 빨갛잖아요

눈이 빠알개진다
여덟 살 제이
이불에 오줌 싸는 것 겨우 면한 나이에
누나 따라 만 리 유학 길 오르던 날
"난 원래 눈이 좀 빨갛잖아요"
아무렇지도 않다는 듯 눈 비빈다

그러나 우리는 안다
할아버지도 손자도
속으로 울고 있다는 걸……

그놈도 한가위 저 달을 보고 있을까

나의 18번지는

별빛 짤랑짤랑
소리 되어 흐르는 밤

강변 조명등 불빛 아래
와인은 블랙, 러시안 블랙

나의 18번지 흐른다
그리운 당신의 가슴에

별빛도 제 홀로
바람 소리도 저 혼자
구름은 별을 가렸다가 맑아지고

그대 머물던 방의 숨결을
아슴아슴 맡고 싶은 밤

나의 18번지 영원한 이승의 주소는
오직 당신 가슴뿐

사랑 늦깎이

올된 놈은 개구리 무논 뛰노는 곡우 지나며
밤새 사랑을 찾더니

물봉선 찬 이슬 맞은 백로가 지났는데도
저 한심한 놈
짝 그리워 밤새는 줄 모르고 울고 있네

한여름 한밤중
젖 먹던 힘 다 바쳐 그렇게
애절하게 구애를 했건만

소쩍-궁
소쩍-궁

찬 이슬 사랑 늦깎이의
서늘한 하소연이
한새벽까지 이 가슴 후벼 파네

인생

!

,

?

.

바람 한 점 없는 날

1
더럭 겁이 난다
오늘같이 바람 한 점 없는 날은
태풍전야의 고요

그런 거 하곤 차원이 다르지
지수화풍地水火風 중 바람이 빠지면 지구가 기울까
아니, 그보다 큰일이 또 어디 있겠는가

사람 사는 세상에 조금은 비고
어수룩한 데가 있어야 하거늘
저렇게 잎새 하나 까닥 않고
빳빳하게 곧추세우고만 있으니
이거 원 숨이 막혀서

2
뭐가 다르겠는가
바쁘다고 제 애비 임종도 못 본 놈이

공사로 다망해서 애국했노라고
신문에까지 떠들고 다니는 위인하고

제 아니면 세상 안 돌아간다더냐

이런 자식처럼 불통의 세상
무슨 재미로 살겠소
그러니 살랑살랑 설렁설렁 살맛나게
바람 좀 불어 주이소
이 구석 저 구석 싸아삭 좀 불어 주이소

나를 버틴 건 한 장의 명함이었네

네, 저 아무갭니다
어디서 무얼 하던
한 세상 나를 버틴 건 한 장의 명함이었네

그러나 이제 내겐
내밀 명함이 없네

한땐
그걸로 먹고살았고
목에 힘도 좀 주던
지금까지 나를 버팅겨 온 그 명함
주고받던 세월의 무덤 속에 삭고 있네

이젠 명함 없이도 살아갈
나 없는 나를 찾아 오늘도
지구 한 모퉁이를 홀로 헤맨다

구멍 난 란닝구

'30532
육군 상병 박○○
65년 12월 20일
103 후송병원에서'

하늘 같다는 국가가 기억하는 건
작은 돌비석에 새긴 다섯 자리 숫자와

현충일 하루 전
물 빠진 플라스틱 병에 꽂힌
기념식 전에 말라 버릴 꽃 한 송이

휴가 때 입고 나온 구멍 난 란닝구와
색시 손목 한 번 잡아보지 못한
추위에 얼어 터져 버린 손

어머니 가슴에 박힌
세월도 부식시키지 못하는 못대가리 하나

그 시퍼런 서슬이 다 떨어진
란닝구 구멍을 적시고 있다

나무토막 하나

집 한 채 있다
난 그 집의 기둥은커녕 서까래도 아니다

설 자리에 서야 기둥이고
있을 자리에 놓여야 서까래인 것을

용처가 없으니

금방이라도 장작불에 던져저
그냥 연기 되어 사라질
나무토막 하나

하여,
화아할 활활 타올라
너의 시린 가슴 덥혀 줄
나무토막 하나로
난 지금 잘도 마르고 있다

적막 천만근

1. 해 기울고

그림자 길어진다
저녁이 전봇대처럼 서 있다
때로는 멈추거나 뒷걸음친 적도 있지마는
달려왔다 앞만 보고 한사코 달려왔다

빠르지도 느리지도 않게
누구에게나 공평한 시간저울에
나 또한 뜨거운 불기둥을 가슴에 안고 살던
그런 때가 있었다마는

시간 앞에 장사 없듯
시간 뒤엔 슬프지 않은 게 또 어디 있더냐

2. 혼자다

아무도 없다

허공에 거꾸로 매달린 이 기분
홀로 유기된 이 시간과 공간

누가
너와 나의 끊어진 실을 이어 주려나
내가 그의 무엇이 되지 않았으니
그 또한 나의 무엇이 되지 않으리니

3. 울어라

안으로 시일컷 울어라
홀로가 다시 편해질 때까지

쓸쓸한 천만근 적막강산 속에
너 속에 내가 들여다보일 때까지

덕지덕지 분칠한 것 모두 지우고
알몸으로 울어라
이 쓸쓸한 천만근 적막을
호올로 즐길 수 있을 때까지

사랑은 휘발성이 강해

불면 날아갈라 쥐면 깨질라
금지옥엽 애지중지 길러 내어
도둑 배짱 두둑한 놈 손에 넘기며
- 자네에게 맡기네
자네 자유의 반만이라도 뚝 잘라 바치며 살아다오

한 눈은 감고 허물은 보지 말며
또 한 눈은 부릅뜨고 잘한 거만 봐 달라며

진정한 행복은 돈도 지위도 상관없이
마음만이 믿음만이 필요하다 소리친다

신이 사랑을 내릴 때
그 속에 심술기를 슬쩍 집어넣었는지
사랑은 손등의 소독약처럼 날아가 버려

사랑은 가벼워 휘발성이 강해
깃털 같아 쉬이 뿌리내리지 못하네

우리 가족사진이라?

1
내 몸에서 빠져나갔다
그 많은 하혈을 쏟으며

그래도 젖꼭지 빨고
서로의 체온을 보태며
아기와 엄마 우리는 하나였다

엎드리며 기고 일어서고
한 걸음 두 걸음 아장아장
까아꿍 까꿍 어엄마 엄-마
오오냐 오-냐 내 새끼
눈에 넣어도 아플 것 같지 않은 내 새끼

2
드디어 달리고 뛰고
친구 찾고 짝 꽁무니 쫓아다니다가
그 많은 하객의 축복 속에 한 식구 늘었다

백일 떡 돌잔치
또 많은 웃음들이 꽃가루같이 날리면서
기념촬영이 시작된다

'어머니 잠시 비켜 주세요
우리, 가족사진 찍게요'

부엉이 방귀 뀐 나무*

부엉이 방귀 뀐 나무라고?

초대장이 나를 웃겼다

게다가 나이 들어

그리운 사람 보고 잡다고?

잊히는 것이 싫어

이 초대장을 보낸다고?

새날의 기도

아침이란
새 선물 주서서 감사합니다

오늘 이 아침이 나를 있게 한
이웃의 은혜로 시작됨을 알게 하시고
나 또한 이웃에게 봉사할
내일이 있다는 걸 가슴에 새기게 하소서

맑은 하늘에서와 같이
때로는 구름 낀 하늘 너머에도
빛이 흐르고 있다는 걸 알게 하시고
희망이란 새날의 태양을 간직하게 하소서

남의 흠집보다
내 눈의 티를 먼저 보게 하시고
부드러운 미소와 밝은 몸짓으로
벗에게 한 걸음 더 다가가게 하시고

앞만 보고 달려가게 하지 말고
뒤에 처진 사람에게 손을 내밀어
어진 이웃들에게도 따스한 눈길을 주게 하소서

아무리 세상이 혼란스러워도
콩 심은 데 콩 나고
팥 심은 데 팥 난다는
된장 냄새 구수한 말씀 오래 기억하게 하시고

무엇보다, 무엇보다도
선한 마음과 흘린 땀으로 이 세상이 이루어짐을 믿고
오늘 첫발을 내딛는 이 한 걸음 한 걸음이
천 리에 이른다는 하늘의 진리를
이 땅에 이루어지게 하소서

제2부

바람의 노래

이렇게 이렇게
바람이 말합니다

어떻게? 어떻게?
자아 이렇게

아니 보이지 않는데
그럼 보이지 않지
그냥 스치고 지나가는 거야

머물지 말고
어디에도 머물지 말고
왔다가 가는 거

----

* 중국 선승 육조 혜능 스님을 눈뜨게 했다는 『금강경』의 한 구절인 "응무소
주 이생기심 応無所住 而生其心" 법문을 듣다가.

흰둥이
— 800미터 고지 산 중턱의 어느 고찰에
　그냥 흰둥이로 불리는 개 한 마리
　무료라는 뼈다귀를 물고 참구 중이다

쇠줄에 묶여

앉아서 눈만 껌벅거리는 게 하는 일이다

먹고 자고 자고 먹고

짖는 일도 짖을 일도 없으니

그저 순둥이란 이름이 하나 더 있을 뿐

예불 시간만 되면

법당 앞에 미리 와 꼬리 치고

밥때가 되면 공양 목탁 소리보다 먼저

달려가는 것도 그가 하는 일

쥐라도 나타나면 뒤쫓기는 하지만

잡기는커녕 쥐구멍만 쳐다보는 게

어쩌다 즐기는 여기餘技

그래도 스님처럼 나물 먹고 물만 마실 수는

없는 노릇인지

누군가 갖다 준 뼈다귀를 물고 뜯고 빠는 게
시간 남으면 유일하게 하는 참선

저 국물도 나오지 않는
마른 제 뼈다귀를

개미의 죽음

하안거夏安居* 한창인 선원 옆
가부좌 틀고 앉은 적송 아래
개미 두 마리 하늘을 걸고
한판 붙었다

반 시간이 지났는데도
정전도 휴전도 없는 피나는 격투

때로 응원군이 와 거들기도 하지만
한번 붙은 이상 죽기 살기다
무엇이 필살기인지 알 길이 없다
밀고 밀리는 싸움

드디어 결판이 났는가

---

* 생물들의 움직임이 활발한 여름, 벌레 한 마리라도 다칠까 봐 절 안에서 수행을 하던 당시 인도 풍속에 따라 주로 선방에서 4월 15일에서 7월 15일까지 3개월 동안 참선 수행을 한다.

한 개미의 죽음
우주는 무너지고
시체 혼자 외롭다

생生과 사死 둘이 아니라던 스님
사시巳時 예불** 목탁 소리 화안하다

하늘에서 나를 내려다보면

― 우리는 너와 나를 말함이요
  너와 내가 어울린 게 우리이니
  태산 큰 손으로 하늘 넓은 등 두드려 가며,
  천년만년 살고 지고

하루 24시간 그렇게 숨 가쁘게

땅바닥에 착 들러붙어 일개미로 살지라도

한번쯤은 하늘로 올라가

내가 사는 이 땅을 내려다볼지니

얼마나 열심히 지지고 볶고 사는지를

더구나 그렇게 사는 게 잘 사는 거라고

굳게굳게 신앙으로 믿고 살아가는지를

드물기는 해도

서로 손 내밀고 등 두드려 주며 사는 게

그게 복 받을 일이라고

눈시울 적실 일이라고 한번쯤 스스로를 일깨우며

너 때문에 살맛난다고

당신이 계셔 내가 행복하다고

마음에 묻어 둔 말 한마디

허리춤에 꼬깃꼬깃 숨겨 둔 헌 지폐
슬며시 끄집어내듯 속삭여 줄지니

아무리 찌지고 볶느라 네 손 잡아 본 일 없더라도
한번쯤은 하늘로 올라가
내 사는 세상 세월의 물굽이를 헤아려 볼지니

백수의 기도

1. 무주공산 ─ 산사에서

쉬고, 쉬고 또 쉬고
놓고, 놓고 또 놓고
버리고, 버리고 다 버리고
오직 걸림 없는 대자유 하나 얻기 위해
무소의 뿔처럼 혼자서 용맹정진
나도 없고, 너도 없고 아무도 없으니
생도 없고 사도 없는 무주공산
이 몸을 버텨 온
가냘픈 명줄마저 끊긴다

2. 매달리지 마라 ─ 산사를 내려와

얼마나 굶었더냐
시뻘건 선짓국 한 그릇에
도수 높은 막소주 한 병

자네 한 잔 나 한 잔
그래그래 너도 한 잔 더, 나도 한 잔 더
나와 네가 주고받는 술잔 속에
오매에도 그리던 부처님 얼굴이 반달로 떠다니네
놓아 버려라 매달리지 마라
걸림 없이 떠다니게

'아- 부처님
이렇게 쉬운 열반적정 옆에 두고
피골상접 육 년 고행 말이나 됩니까'

3. 집으로 돌아와서

나는야 열반도 싫고 해탈도 싫고
배고프면 먹고 졸리면 자고
바람 부는 대로 물결치는 대로

윤회면 어떻소 고해라는 살맛나는 세상
여기 말고 어디 있소
지금 여기서나 시일컷 즐길라요
여기가 화엄세상
죽도록 즐기며 살고 싶소
내 한세상 완전히 태우고
연기처럼 바람처럼 사라지면 그 어떻소

운문사 돌부처

1

무슨 죄를 그리 지었는지
무슨 복을 그리 많이 받았는지

앳된 젊음 마다하고
지극정성 풀잎마음으로
부처님 품에 안기었나

2

무슨 한이 그리 깊어
무슨 금강석 서원을 세웠기에

깨달음조차
중생에게 전해져야 완성된다고
얼마나 더 깨달아야
얼마나 더 전해져야
비로소 완성에 이르는가

모든 건 있을 자리에 있어야 한다는데
그대 있을 자리에
그대 있는가?

문수산*이 뭐꼬

담쟁이넝쿨은
절망 같은 낭떠러지에
발붙여 하늘 같은 목숨 줄 잡고

이름 모를 작은 새
벌레 화두 하나 물고
파릉파릉 나는데

철 늦은 밤꽃 냄새
젊은 중 코 찔러도

딱따구리 딱다딱
밥 짓는 소리에
늙은 해는 제 그림자를 밟는다

이 뭐꼬, 참 이 뭐꼬
대답 없는 선승들이여

---

* 경북 봉화군에 있는 1,200여 미터의 산. 이 산 중턱에 '축서사' 라는 정갈한
절이 있음.

무죄

1. 허허

기림사 비로자나 삼존불상
배를 째 보물을 훔쳐 가도

훔친 놈 벌 안 받고

비로자나 삼존불
아무 말 없이
그냥 웃고 살아가시더라

2. 사월 초파일

선한 일 별로 한 적 없지마는
남을 위해 산 적도 많지 않지마는

오늘 하루

당신 앞에 무릎 꿇고
잘못했다고
그래도 복은 많이 주십사고
빌고 또 빌었더니

오냐,
사는 게 얼마나 힘들더냐
와 준 것만 해도 복 받을 일이니
아무 걱정 말고
오늘 같이만 살라 하시더라

3. 극락

절 입구 즐비즐비 식당들
허름한 집 하나 골라
파전 한 접시에 동동주 몇 잔

법당에 앉으니
기다리는 부처는 오지 않고
졸음만 끄덕끄덕 찾아와

하모 괜찮다,
잠 잘 자 두는 게 극락이니
실컷 자다 가라 하시네

부처소나무

기고 난다는 분들의 시詩 토론이
열에 열을 더해 36.5도 이상 올라간다
니체에 하이데거 등 현학術學 사중주에 장내는 과열

눈 돌려 창밖을 넘어서니
불그스레한 노송 몇 그루 가부좌 틀고 앉았기에
살기는 살아도 모르겠다고
사는 거 정말 모르겠다고
한 수 가르쳐 주십사고
무릎 꿇고 넙죽 절 올리니

그래 나도 잘 모른다마는 견디라고
다 받아들이고 견디고 보니
이리되더라고
세월이 다 가르쳐 주더라고
구름 한번 쓰다듬고
바람 한 점 어루만져 주더라

행자와 목탁

바아빡 밀어 내린 백호 머리
떫은 감물 옷 속에
꿈틀거리는 몸뚱어리 몽땅 감추고

별들도 졸리어 눈 비비는 야새벽 눈망울 초롱초롱
뚝둑 뚜뚜두 뚜둑

아둔한 머리 대신
목탁으로 새벽잠을 깨우나니

시방이 삼세를 만난 지금 여기서
이만치 기어오르기도 참 힘들었지만

대장부 일대사 결코 물러설 수 없다
뚝둑 뚜뚜두 뚝둑

세상 무명은 다 못 밝혀도
붉은 햇덩이 하나 밀어 올린다

뿌리
― 백담사 만해축전에 비보이 잔치 한판 벌이는데

만해는 몰랐으리라

뿌리도 없이, 아니

뿌리를 거부한 채

두 발 치켜들고 머리 처박고

우주를 빙빙 돌리는 저 선 머슴애들을

선 머슴애들 알기나 했으랴

뿌리를 찾아, 진정

뿌리박고 또 뿌리박고

두 발 굳건 머리 꼿꼿

하늘 모아 울부짖는 저 선사를

만다라 우주 블랙홀
— 우리 모두가 꿈꾸는 행복

- 들어가면서 — 스님의 노래

부처님은깨달으셨다/ 한잎우주의본질을그것을/ 한
장의그림으로나타낸게만다라/ 우주도유유상종/ 같은
것끼리끌어당기는힘이있는지/ 행복은행복을/ 기쁨을
구하는자는기쁨을노래한다

1. 아기 만다라

시집도 그리그리 갔고 애들도 숭덩숭덩 낳고
자궁이 한껏 부풀어 그놈이 에미 뱃구레를 차 댈 때
세상 구경하러 나와 제 엄마 알아보고 화알짝 웃을 때
나비잠 재롱재롱 아장아장 커 갈 때

2. 서양 노처녀의 독백

나와 꽃 한 송이
(한국 여자 참견; 심심하잖아요 한 송이 더 그려 넣어요)
강아지 한 마리 산책 한 줄기
그러면서 싱싱한 풀내음 내 것으로 만들어 낼 때

3. 선머슴 애들의 타임머신

야구장 수영장 만화방 비디오방 게임방 떡볶이집
그리고 이들을 연결해 주는 그들만의 타임머신

4. 시골서 올라온 할머니

내 어릴 때 자라던 초가집
지붕 위엔 머슴처럼 배때기 내놓고 자고 있는 하얀 박
그 아래 흐르는 졸졸 시냇물에 세수하는 달그림자
이웃과 개떡 하나라도 다정히 나눠 먹던 정

5. 첫애를 유산한 젊은 엄마

바라던 둘째는 순산
햇빛이 오색 무지개란 걸 그날 처음 알았지
크고 작은 어려움 강물처럼 굽이굽이 감돌지만
힘들어도 세상은 그런대로 살 만한 것

6. 노화백의 대갈일성

우리 솔직해집시다 꾸미지 말고 숨길 생각 말고
맨 얼굴로 맨발로 얘기하자고요 매일 밤 암수끼리
끌어안고 무슨 짓을 벌이는지를
(그야 대낮에도 수없이……)
그걸 그림으로 그리면 이렇지요

7. 꿈속의 여자

필시 연애 중인 여자 립스틱 짙게 바르고
아니 연애하면 립스틱을 짙게 바르게 되지요
새는 열애 중이면 그 부리가 빨개진대잖아요
봐 줄 수컷이 있으니까요
나도 꿈을 꾸고 있다고요 이런 표를 한껏 내면서

8. 죽은 꽃 되살리기

죽어 가는 화분의 꽃이라도 정성을 들이니까
살아나더라
'죽긴 왜 죽어 죽기보다 사는 게 쉬운데'
힘들거든 길을 만들어라
원래 길이란 없는 것을 만들어 가는 것이니까

9. 혼자 배낭여행 즐기는 여자

　제 몸무게 50킬로 배낭 하나 짊어지고 인도 여행하
는 여자, 땀 지린 버스대합실에서 나가떨어져 넝마처
럼 자기도 하고, 란 한 조각에 카레 묻혀 허기 때우며
딱 50일만 여행에 젖어 보면 그게 바로 천국 가는 길
　'배낭 하나가 큰 아파트 한 채보다 더 행복하다니까요'

- 닮으면서 ─ 늦깎이 시인의 탄식

허 참 행복은 그렇게 엄청난 게 아니었군요
밤새 여기저기 굴러 떨어진
쌩쌩한 알밤을 주워 담던 어릴 적 그 기분,
앞마당에서 주어 담을 수 있는 감꽃 같은 것,
무지개 잡거나 화살 주우러
이 산 저 산 부산하게 쫓아다니지 않아도 되는,
내 옆에 언제나 있는 바로 당신,

일상日常

?

너무 많이도 움켜쥐고 있었다
쓰레기 무거운 삶
하 오래도 예까지 끌고 왔나
이제 지탱하기조차 버겁다

방하착放下着 놔 버리면 된다고?
어디다?
어떻게?
이 맑은 강에?
저 푸른 산에?

안 되지
또 하나 쓰레기더미를 쌓으라고, 아니면
절에?
교회에?
그래그래 그게 좋겠다 그게 좋겠다

그런데 거기 있는 수많은 말의 쓰레기는?

하 죄송

하 겁나게 죄송

쓰레기를 버린다는 놈이

또 쓰레기나 만들 궁리를 하다니

대책 없는 놈 같으니라구

제3부

질경이처럼

갈아엎어도
우우 솟아나고
밟아도 와와
일어선다

땅을 갈아엎어도
하늘이 솟아나고
밟아도 밟아도
하늘과 땅 또 일어선다

질경이처럼
갈아엎히고
질경이처럼 밟히고 또 밟히지만
다시 솟고
다시 일어나는 나의 태양

그런 나는 어느 하늘 아래
살고 있을까

행복은 감질나는 것

1. 청산도행

완도에서 뱃길 한 시간 청산도 땅끝 섬
영화 서편제를 찍은 돌담 사이로
이 섬 특산품인 매운 마늘
노오란 유채꽃 하늘 하늘에
터지는 꽃봉오리 소리 따라
행복 잡으러 달려온 남도 삼백 리

2. 땅끝에 와서

낮술에 취해
선창가 노래 한 가락 낚아 올린다
바람 불고 또 불어
아, 행복은 바람 같은 것
잡을 수 없는 것

시로도 쓸 수 없는 것
포말 같기만
뜬구름 같기만
나부끼기만 하는 것

3. 행복은 잡을 수 없는 것

그리던 청산도에 와서 알았네
행복은 감질나는 것
손에 쥐어지지 않는 것
가질 수 없고
바라기만 하는 것

느끼기만 하고
꿈만 꾸는 것,
이 청산도에 와서 깨닫노니

새벽에서 밤까지

1
새벽 약수터
쏟아 낸 말의 잔해들이

밤 되면
얼굴 없이 널브러져
별빛으로 수군거린다

………………………………
… 새벽에서 … 밤…
………   ….   ,,,,…….

2
떠나고 남은 사람들의 꽃자리
수북수북 쌓였던 얼굴 없는 말들이

봄에는 꽃 되고

여름엔 비 되어
가을 낙엽 적시고
흰 눈 불러도

수군거리는 이 마음
어디에 갈 곳이 없네
참 어디에도 갈 곳이 없네

한가위 대보름

82

엊저녁 뜨는 달 보고

오늘 새벽 지는 달 봤으니

이보다 감사할 일 세상에 또 있으랴

봄에서 갈봄까지

1. 봄 소나타

쩌렁쩌렁
얼음장 사이로 시간의 강이 흐른다
그런 속 햇살 보지 못하고
봄 만난다면 세상 사는 게 아니지

탁타닥 타닥
단단한 껍질 깨뜨리는 아픔
쑤우쑥 쑥쑥
얼음땅 뚫는 산고 없이
어찌 새 여름 맞을까

2. 여름 찬가

팔랑팔랑 팔랑
온몸을 나부끼는 해의 깃발
미루나무 이파리 사이

파아란 하늘 못 본다면
한 해 농사 헛짓는 거지

쨍쨍
모래밭 저 우거진 잡풀 속에서
단내 맡아 보지 않고
가을 추수 거둘 생각 말아야지
아암 말아야지

3. 가을 엘레지

앞만 보고 달려가다가
만산홍엽 물드는 가을 놓쳐 버리면
그게 산다고 살았다고 할 수 있나 아암
오메- 오메- 단풍 들겠네*
이 계절 물 한 번 깊이 들어 보지 못하고
이 나이 땅에 한 번 떨어져 보지 못하면

* 김영랑의 시에서 따옴.

그게 무슨 세상 사는 게야

4. 겨울비가

북풍한설
무시무시한 고독에 치이고
칼바람 추위에 떨면서
가지마다 새날 피워 낼 꿈의 눈부신 새싹 숨겨 두는 것

바드득바드득 소리 내며
숫눈 위에
첫발자국 새길 내면서
뒤에 올 사람 하늘길 내어 주는 것**
그것이 사는 거지 참말로 잘 사는 거지

**조선 정조·순조 때 문사文士인 이양연의 「야설野雪」에서 원용함. 전문은
"답운야중거踏雲野中去 불수호란행不須胡亂行 금일아행적今日我行跡 축작후인
정逐作後人程(눈 덮인 광야를 지나갈 때/ 함부로 걷지 말지어다/ 오늘 내가 걸
어 간 발자국은/ 뒤 사람의 이정표가 되리니)". 김구 선생님도 이 글귀를 좋아
해 붓글씨를 남기기도 하셨다.

장마와 똥개

새벽 개 짖는 소리
비에 젖어 마르지 않고

오줌싸개 다 큰 놈
옷 말릴 반나절 사이 하나 없는데

하매나 님이 오나 숫호박꽃
중신애비 벌 나비 날아오길
목을 빼고 기다려도

산비둘기 구구구
장맛비 소리에 막히고
젊은 총각땡감
가을각시 한 번 못 보고 떨어지는데

축 늘어진 동네 똥개
꼬리 치고 사라진 지 며칠이던가

나무도 귀가 있는가

나무도 귀가 있나 보다
저 빗소릴 듣기 위해
온몸을 귀로 열고 있으니

나무에도 눈이 있는가
부스스 부시시
저 눈 뜨는 새 빛을 맞이하기 위해
온몸 눈 되어 빛나니

물소리 커지자
귓바퀴도 더 커지고
빛살 누리에 퍼지자
눈빛 또한 더 밝아 온다

나무의 귀를 키우고
눈 밝히기 위해
나 또한 밤새 깨어 있어야 하느니

암탉이 낳은 우주

꼬고댁 꼬오꼭
꼬꼬댁 꼬꼭
꼭
꼭
꼭

동네방네 요란 떤다
옥동자 하나 낳았다고

아무렴
우주 하나 탄생시켰으니
그럴 만도 하지

금방, 사람 배 속으로 들어갈
생명 하나

질펀한 여인의 허벅지 속살에 눈이 팔려

썰물에

이깝도 없는 낚시를 드리우니

바다가 열어 주는 시간과 땅이 얼비친다

잽싸게 세상 사는 법 하나 익히지 못한 물고기 몇 마리

시류 따라 빠져나가지 못한 채

모기도 안 빠질 웅덩이에 갇혀 놀고

일용할 자기 양식 눈 부릅뜨고 챙기는

갈매기 떼들의 여름 노출 심하다

저 멀리 햇볕 애무를 독차지하고 있는

질펀한 여인의 허벅지에 눈이 팔린 사이

익지 않은 욕정의 횡설수설 사이로

주기가 되었는가 밀물의 유혹이 어김없이

퍼질고 누운 여인을 산도둑처럼 덮쳐 온다

여인은 말이 없는데

개펄이 주는 이 사랑의 기미조차 눈치채지 못하고
자기에게 주어진 하루도 간수 못하는
너, 이 불쌍한 시인 놈아

첫눈, 하늘 문이 열리다

하늘에서 눈이 내린다
신이 내리시는가

(난자가 왕성하게 덤벼든다
잡아먹힌 놈은 알을 깐다
세상의 문이 열린다)

학교 옆 아파트
어린아이들이 하늘을 밀어 올리는
저 함성을 들어 보아라

주인은 나! 라고
내가 세상의 왕이라고
그러니 당신들은 자리를 내놓으라고

또 다른 세상이 하늘 문을 연다

도시, 시골길을 걸으며

1. 혜화동 로터리에서

빨강 우체국 처마 밑엔
호호 할머니 두 분이서
세월아 네월아
인생 전을 벌이는데

상추 몇 잎, 호박잎 몇 장, 가지 셋, 고구마 줄기 한
움큼, 깻잎 두 다발, 풋콩 한 주먹, 도토리묵 몇 개, 비
닐에 싼 청국장 두 덩이

바로 고향 상차림
고향이 들락날락 숨을 쉬고

길 건너 주유소 유행가 가락
너울너울 고향 밥상 앞에 내려앉아
떠날 줄 모른다

2. 불타 버린 숭례문 앞에서

가쁘게 매연 몰아쉬는 보도블록 한가운데에는
길거리 작은 반찬가게 불안하게 하루를 여는데
우엉 다발 옆 구멍 숭숭 뚫린 연은 뿌리째 나뒹굴고
잘 다듬은 도라지 한 소쿠리는 3천 원에 덤이 한 주먹

헌 가방에 검정 봉다리 쑤셔 쑤셔 넣어 주며
거스름돈 주기가 번갯불에 콩 구워 먹기보다 잽싸다
뒤에도 눈이 있어야 단속반에 안 걸린다는데

흙 묻은 산더덕은 고향 산 깊이 묻힐 꿈 깨지 못하고
다시 세워질 숭례문은 아무것도 모른 채
매연만 마시며 헛기침하기 숨이 가쁘다

3. 압구정동 버스정류소 앞에서

대추 밤 콩나물 숙주나물에
사과 감 배 가을 먼지 뒤집어쓴 채 풍성하다
수십억인지 나간다는 아파트 바로 코앞에서

청오이 1개 100원, 아욱 2단에 1천 원, 애호박 한 봉
지 3개 1천 원, 열무 한 단 1천 원, 쌈 배추 한 통에 1천
원, 깐 쪽파 한 단 2천 원, 양배추는 한 통에 2천 원, 군
밤이요 에헤라 어허어얼싸 한 봉지 2천 원에 말만 잘
하면 한 톨 공짜

부자 동네에도 서민 맛은 살아 숨 쉬고
부자 입에도 가을 고향 맛은 거저라 거저

독도

1
손바닥 땅
손톱 방에서

하늘보다 더 큰
너를 그린다

독도

2
홀로 있는 섬

그러나
혼자가 아닌 섬

우리, 우리 가슴의 땅

권력의 그늘

5

사자의 몫을 챙기는 자 그리고 그 행위
악해서만 안 되고 독해서만도 안 되고
악하고 독해야 그러니까 악독해야 되는 것
칼날을 잡아서 볼 장 다 본 것처럼 보이다가
어느새 번개같이 칼자루를 낚아채 휘두르는 것
그것도 인정사정 볼 것 없이

4

땀 적게 흘리고, 가능하면 땀 흘리지 않고
많이 챙겨 먹는 것, 그것도 노른자위만
땡볕에서 배추 뿌리 씹지 말고
그늘에서 동삼 뿌리 먹는 기막힌 기술인 것을

3

내 가치를 남의 가슴팍에
콱 심을 수 있는 영향력
마음에 드는 자에겐
황금을 던져 줄 수 있는 힘

미운 놈은 뿌리째 뽑아 버리는 무자비
그러다가 언젠가는 자기 뿌리도
송두리째 뽑히는

2
너무 가까이 불을 쬐다간 타서 죽고
너무 멀리 있으면 얼어 죽는 것
불행히 그 중간은 없는 것

1
쥐고 있을 땐 패자覇者이지만
놓는 순간 패자敗者가 되는 것
유감스럽게도 예외가 없다는 것

0
색즉시공 공즉시색
살아서 죽었지
죽어서 산 자가 없는 것

이중섭의 소, 눈만 크다

(소해에
소를 씹는다 졸깃졸깃)

뼈 사료 하나 안 먹고 자란 한우도
더 많은 고기를 인간에게 먹이기 위해
슈퍼 한우를 기른다는데

아무리 종자부터 좋아야 한다지만
오르가슴 한 번 못 느껴보고
정액만 공출하는 '보증 씨수소'
전국에 송아지 구 할은 이런 씨수소가 아버지
한 해에 태어난 새끼 소 중 2만 마리는
장하다! 같은 아버지

대왕세종도 나폴레옹도 오버마도 소띠이지만
환갑도 못 넘긴 우리 형님도
같은 소띠

신랑 품에 안겨 보지 못한 암소
암소 근처도 못 가본 씨 없는 수소들은
이중섭의 그림 속에 갇혀
껌벅껌벅 눈망울만 크다

자정의 눈보라

걱정은 한 마당 가득하고
몰아치는 불안은 삭풍에 호이호이 날린다

축복받은 시인들의 그 많은 찬사에*
무엇이 모자라 나는 느끼지를 못하는가
보고 또 봐도 내 마음 미동도 않는다

새마을 슬레이트 지붕 같은 직각 집에
눈만 보면 꼬리 치는 개 한 마리도 얼씬 않는데
뭐가 그리 좋아 찬탄들이 눈발처럼 쏟아지는가

눈 내리는 이 저녁
세한에 갇히지도 않고
그 명성에도 매이지 않는
참 세한도를 보고 싶다
눈 시리게 보고 또 보고 싶다

---

* 〈세한도〉를 기리는 시는 유안진 씨 등의 명시를 포함해 현재까지 53편에
이른다고 한다.

춤추는 벽화
— 서울에도 혜화동 옛 동네 골목길에 리모델링한
삼층 양옥에 하이얀 벽 하나 걸렸는데

좁디좁은 한옥 한 뼘 마당에
오지게 뿌리박고 서 있는 대나무 형제자매들이

흔들흔들
너울너울

풍경 소리 장단 맞춰
밤마다 신나는 굿판 하나 벌이는데

옆집 시박물관* 곰팡이 핀
헌책 속에 숨죽이고 연명하던
시들이 뛰쳐나와

나도 흔들린다고
우리 취한다고

---

* 혜화동 현대시박물관이 최근에 문을 열었음.

얼씨구 좋구나
지화자 좋구나

한판 그림자 잔치
끝도 시작도 없이
우주시宇宙詩 굿판
겁나게 질펀하다

텔레비전 아리랑

우 : 세상에 처음 봐 이런 이기적인 사람은

상 : 누가 할 소리를

우 : 이런 사람인 줄 알았으면 당신하고 결혼했겠어

우 : 정말 지긋지긋해,

　　인간의 탈을 쓰고 그런 짓을 할 수는 없지

　　이제 더는 같이 못 살아

상 : 잘됐군 잘됐어

　　나도! 못 참아,

　　지금이라도 늦지 않았으니 싸 가지고 나가

우 : 누구 좋으라고 누구, 어느 년 좋으라고?

　　그냥 나갈 줄 알아 내가,

　　나가도 거꾸러지는 것 보고 나갈 거야

상 : 이게 그냥 ?!?

(그리고 와장창 창창)

(아이구 이게 아닌데
아들딸 잘 놓고 잉꼬같이 살던 얌전한 부부가……)

다음 날 출근길 엘리베이터에서 만난 부부
"날씨 좋습니다"
"아 네에 네……"
이쪽은 몸 둘 바를 모르겠는데
부부는 아무렇지도 않다는 듯
인사를 건넨다

며칠 후 고성이 또 터져 나오고
문틈으로 TV 불빛이 와장창 흘러나온다

마릴린
— 누가 공짜 표를 주기에 이름도 거창한
　세계미술거장전을 둘러보다가

그랬구나 누군가가 무엇을
대충대충 밀려 흘러가는데
낯익은 얼굴 앞에 발이 딱 얼어붙는다
금발에, 백발백중 뇌살시켜 버리는 그 눈빛
날 요구하는 빠아알간 입술하며
'칠 년 만의 외출'이라는 그 그 영화 있잖아
지하철 훈풍기 바람에
스커트 자락이 싸악 치켜 올라가던 그 순간,
숨 탁 멎었지 뭐

그 뇌살 배우를 여기서 만나다니
그런데 그 그림 밑에
'관계의 위험'이란 팻말이 붙어 있고
다시 마릴린 그 여잘 뒤돌아보니
그 여인을 둘러싼 갈채가
그녀를 옭아매는 사슬로 변해 가고
나도 어느 틈에 밀려나가고 있는 중

쭈쭈빵빵 쭈빵빵

버어덕*의 맛 속에

— 뿔난 염소

잡힐 때부터 뭔가 거동이 다르다 불안한 눈동자하며
다 큰 놈이 음매 애애--- 하고 새끼 울음을 다 낸다
운명을 직감한다

힘센 사내 단호하게 놈을 꿇어 눕히고 단번에 목을
찌르고 숨통을 눌러 머리통을 따 낸다 갈비뼈, 염통,
허파, 소장, 대장 할 것 없이 내장이란 내장은 사정없
이 다 빼낸다 자작나무 장작불에 벌겋게 달군 차돌을
빈 몸에 팍팍 집어넣는다 아직도 예민한 근육은 그 뜨
거움에 부르르 떤다 먼저 발라낸 고깃살에 양파며 당
근, 감자 등 야채도 밀어 넣고 소금도 간간이 쳐 간을
맞춘다 도수 높은 보드카도 굴걱굴걱 들이켜게 해 놓
고 추슬러 다진다 다시 돌 고기 야채 술을 배가 부풀
때까지 먹이기를 되풀이, 마지막엔 철사로 목둘레를
칭칭 감아 묶는다 거기다 화염방사기를 쏘듯 불 펌프
질을 해 가며 푹신한 털을 다 태운다 뜨거운 물에 넣고
면도질을 한 하아얀 피부가 눈부시다

<hr>

* 버어덕Boodog: 양이나 염소를 잡아 특별한 조리법으로 먹는 몽골 전통 음식
중 하나. 시간이 오래 걸리고 솜씨가 뛰어난 사람만이 할 수 있는 초원의 요리.

자, 작업은 다 끝났다
윤기 넘치는 매끈한 배는 하늘을 보고
네 다리는 만세를 부른다
빵빵한 배때기에 시퍼런 칼을 들이댄다
물이 솟구친다 맛있는 국물이다

드디어 상다리 부러질 듯 성찬이 베풀어지고
예수 믿는 사람
부처 섬기는 이
알라를 외치는 무리들 둘러앉아
모두 모두 맛있게 드시고

따로 따 낸 머리통의 두 눈은
아직도 시퍼런 하늘을 응시하며 감을 줄을 모른다

몽골의 보석
— 다 큰 놈이 뭐 할 일이 없어 별 타령이람! 먹고살기도
힘든 세상에,

1. 별이 잘 보이는 동네

먹고 싸고, 싸고 또 먹고

남의 눈치코치 보지 않고

아무 데서나 똥오줌 갈겨 대는

원초적 본능 외엔 더 욕심이 없는 동네

별이 잘 보인다

온갖 별이 다 모여 오순도순 잔치 벌이며 잘 사는데

먹고 싸는 욕심은 기본이고

더 잘 처먹고도 통 싸지를 못하는 병에 걸려

오욕*의 화려한 언어로 분칠한 동네

별이 안 보인다

---

*불교에서 말하는 오욕심으로, 식욕, 성욕, 명예욕, 수면욕과 재물욕 등을 일컬음.

큰 별도 잘 안 보인다
바로 내 가슴 빛난 어둠처럼

2. 어른들아 오너라 별 따러 가자
- 애들아 오너라 별 따러 가자
장대 들고 망태 메고 뒷동산으로**

뒷동산 올라가 무동을 타도
웬일인지 별 하나 보이지 않고
덕지덕지 세월의 때만 켜켜이 산을 이루고

놀란 새 팔딱거리는 가슴 쓸어내리며
낮별은 낮꽃 보고, 또 보고
밤꽃은 밤별 보고 지고, 또 보고 지고

**윤석중 씨의 동요 〈달 따러 가자〉에서 차용함.

여기서 툭! 저기서 툭,
팔월 한가위 알밤 떨어지듯
휘익- 휘익- 떨어져 사라져 가는 칭기즈칸 별똥별
농익은 새벽별 하나 터져
감 홍시 뺨따귀 후려치듯 여명을 재촉하니
어른들아 오너라 별 따러 가자
빈 손 빈 가슴망태 들고
가자꾸나 몽골 초원으로

물고기에게도 짤까

작열하는 태양
보이는 거라곤 망망대해
물 물 무울
물밖에 없는 바다 가운데서
물이 없어 로빈슨 크루스는 죽어 간다

훠어훨 지느러미 젓고 다니는
바닷고기에게도 바닷물은 짤까
같은 물인데
그에겐 짜서 목말라 죽어 가고
물고기에겐 없어서는 안 될 생활의 터전

그래
이런 게 바로 세상이란다

제4부

햇살

옛 시골집
돌담 밑에 놀다간 초봄 햇살은
고양이 눈까풀을 감겼다가
매화 고목등걸 밑
오랑캐꽃 피워 내고

오월
아카시아 향기
천지로 나르던 그 바람결 타고

망望 칠십七十
어깨 위로 살포시 내려
어루만져라
사아살 어루만져라

미소

그 속엔
아름다움이
때 묻지 않은 맑음이

그걸 보기 위해
나는 새벽마다
잠을 깬다

다도해

산은
바다로 내려 뻗는
욕망을 머금고

바다는
육지로 치솟는
원망을 녹여

저 푸른 사이사이
하늘과 땅 사이
육지와 바다 사이

마음과 말을 이어 주는
형제자매 여럿 낳다

봄, 소리로 오다

얼음장 밑으로
봄은 흐르고

새벽닭 울음에
봄 밝아 온다

나무 물오르는 소리에
바람 시샘 거세지고

산새들 사랑 노래에
봄은 열병을 앓는다

새싹 흙 뚫는
파열음 천지에 퍼져

목련 젖꼭지에서
봄, 빛으로 변한다

목련

엄동설한 고통 속에서도 꿈을 잉태한
깍지 속의 너는 기대 바로, 큰 기대

봄의 그 충만한 사랑으로 터뜨린 순백은
분출하는 생의 기쁨 바로 그것

사나흘의 태양이 진 후
흉물이 된 너의 떨어짐을 보고
젊음의 속절없음에
내 가슴 저며졌어라

허나 뿌리 위에 썩어 가는 너의 형해를 보고
비로소 난 죽음에 대한 슬픔이 아니라
허상에서 깨어난 나의 모습을 본다

아, 어리석었던 나의 환상이여
너를 움직이는 것은 꽃잎이 아니라
뿌리인 것을

마음인 것을

떨어져 썩음으로, 썩어서 거름이 됨으로
그 마음, 향기로운 그 마음이
영원한 생명인 것을

개망초

오뉴월 망초꽃
지천으로 피어난다

그냥 잡풀이었지
내 눈에 들기 전에 이름조차 몰랐으니

한복판은 마다하고 길섶에만 피어 있어
눈부시지도 않고 향기롭지도 않아
무엇 하나 내로라할 게 없이
그냥 그렇게 서 있기만 하는 거지

희멀겋게 뽑아 올린 줄기에
너더댓 가지 조심스레 뻗고
다시 잔가지 서너 개 나뉘더니
가지마다 대여섯 희부연 꽃 부끄러이 피워 낸다

외로운 건 참을 수 없어
떼 지어 무리 지어

종소리 듣고 타고 내린 달빛처럼
하얗게 또 허옇게
내려앉고 내려앉아 잡초마냥 민초마냥
이 강산 여기저기 이렇게도 뒤덮는다

이제 그 이름 물어물어
개망초로 알았지만
마음에 있어야 제 눈에 보인다고
한평생 살아가며 처음 보는 이 꽃, 그
눈부시지 않은 찬란함이
알아주지 않는 그 영광이
날 이다지도 뒤흔들어 놓는다

팔구월 개망초
지천으로 피고 진다

어떤 풀도 자기를 피운다

언 땅

줄기는 말라도

뿌리는 살아

지수화풍地水火風의 조화 속에

싹이 트고 중심을 세워

속이 차고 넘치고 넘쳐

사춘思春의 폭풍 지난 후

꽃을 피운다

작은 꽃은 작은 대로 큰 꽃은 큰 대로

흰 꽃은 흰 대로 빨강은 빨강대로

자기의 색깔과 향기를 피우고

자기의 미소를 머금고

자기의 슬픔을 띤다

풀에는 생명이 있고

자기가 있다

어떤 풀도 자기를 피운다

나는 자꾸 나를 때린다

나는 팽이다
아니 팽이채다
나는 팽이면서
팽이채다

나는 나를 때린다
때리면 때릴수록 팽이처럼
너무 잘 돈다

너무 잘 돌면 팽이가 그냥 서 있는 것처럼
나는 너무 잘 돌아
지금 그냥 서 있다

때리지 않으면
쓰러지는 나
잘 돌아 잘도 서 있는 것처럼 보여야 하니까
어제도 오늘도
나는 자꾸 나를 때린다

혼자 숲속으로 들어가라

힘 빠지고 마음 심란하면
혼자 숲속으로 들어가라

보이지 않아도 볼 수 있고
속삭이지 않아도 들을 수 있을지니
멀리 떨어져 있어도
그 숨결 느낄 수 있고
말하지 않은 그 마음까지도
네 영혼으로 읽을 수 있으리니

그립고 간절하여 진정 느끼고 싶으면
너와 마주 앉을 자리 있을지니
조용히 숲속으로 들어가라

혼자 들어가라

그놈은
― 법구경에 대꾸를 하다가 혼쭐나는 얘기

1

살기 위해 더 잘 살아 보기 위해
이보랍시고 떵떵거리며 살기 위해
꿈틀거리는 이 욕심 어이할꼬

그놈은 언제 어디서나
내 몸 깊숙한 구중궁궐 속에
여섯 달 굶은 구렁이처럼 똬리 틀고 앉았다가
빈 구멍만 있으면 기어 나와 내 온몸을 칭칭 감아
기어코 항복을 받아 낸다
승리는 보나마나 언제나 그놈의 편

2

잘 먹고, 잘 싸고, 잘 자는 것
(어느 선승은 이게 도道라고 하기도 하더라만)
내 잘되고 내 새끼 명 길고 복 많이 받게 해 줍시사고
내 직장 내 조직 번창하고 잘되라고
나의, 나의 것

내 속에 파묻혀 한세상 달리다 보니
어느덧 인생은 끝나는 지점

- 하늘이 보물을 소나기처럼 내려도
사람의 욕망을 채울 수는 없으리라
욕망에는 적은 쾌락과 많은 괴로움이 더불어 있음을
아는 이는 현자賢者니라*

3
그 깊숙한 구중궁궐에는 불안과 공포라는
염라대왕보다 더 겁나는 놈이 또 도사리고 있다
시도 때도 없이 나타나는 귀신같은 놈
틈만 보이면 기어 나와
제멋대로 주인을 이리저리 흔들어 대고
웃게도 하고 울게도 하고
제 마음대로 주물럭거리는 통에
'나 졌소' 하고 두 손 들 때가 한두 번이더냐
그놈이야말로 신출귀몰 자유자재로구나

- 잠 못 이루는 이에겐 밤이 길고
피로한 이에겐 지척도 천 리이다
어리석은 사람은 윤회가 길어도
진리를 알지 못하느니라*

4
여시아문
나는 이렇게 들었다

너는 본래 부처야
때가 끼어 네 진면목이 안 보일 뿐
욕심의 때, 성내는 마음, 어리석음이라는 무명
이제 확 놔 버려라
번뇌 망상 일체의 고통에서 벗어나리니
해탈이 너를 자유롭게 하리니

5
좋은 말씀

그런데 어떡한담?
그놈의 욕심과 불안과 공포를 불러 모아
끝장 토론이라도 해 볼까
그런데 결론이 난다 해도 무슨 뾰족 수라도 있나

가만있자
죽었다 깨도 그리되기는 어려울 것
내 영토 내 부하 내 공적
부드러운 연인의 달콤한 그 살맛
익혀 먹고 쪄서 먹고 구워 먹고
어떻게 일군 내 재산인데
눈에 넣어도 아프지 않을 내 새끼들인데
그런 걸 죽기 전에 어떻게 놓는담
천부당만부당 아암 아니 될 말이지

- 이 아이는 내 자식이고 이것은 내 재산이라고
어리석은 사람은 전전긍긍하지만
내 자신조차 내 것이 아니거늘

6

온 세계를 감동시킨 〈뿌리〉라는 드라마가 있었지
백인에게 짐승 취급받던 흑인 노예가 죽어 나갈 때
가족은 통곡한다
'비로소 넌 자유를 얻었구나
이제 자유인
이제야 네 몸 네 것이 되었구나'

그렇지 죽지 않고 어떻게 자유로워질까

7

모든 것을 버리라고, 허상인 '나'를 버리라고
고래 심줄보다 더 질긴 탐진치 삼독三毒을 버리라고
그것 땜에 불안 공포가 바늘에 실 가듯 따라다닌다고
살아서 못 버린 게 죽어지면 버려질까
DNA인가 업인가 뭐 그런 것 그림자처럼

조상대대로 물려받고 물려주고 한다는데

아이 무서워라 무서워

이거야 죽어도 대책 없는 일 아닌가

- 왜 기뻐하고 있는가, 왜 웃고 있는가?

이 세상은 언제나 불타고 있는데

어두운 무지에 싸여 있는데

어찌하여 빛을 구하지 않는가?*

8

나라고 하는 상相, 아만과 아집 말끔히 벗어던지면

진리의 문이 보인다고

기뻐도 기뻐할 거 없고 슬퍼도 슬퍼할 게 없는 거라고

그런데 이걸 버리면 사는 재미는 어디서 찾고

백 년도 못 사는 세상 나는 어디서 즐깁니까?

그 알량한 알음알이로 어리석은 자여

원래 '나'라는 건 없는 것
'무아'가 모든 법의 근본이요 출발이러니

어려워 정말로 어렵네요
나중엔 어떻든 지금 뻔히 있는 걸 없다고 하라시니

9
어이할까 어이할까
내 몸 내 가족 내 종족 내 세력 잘 챙겨!
과학이란 힘으로, 효율이란 이름으로,
쳐들어가고, 빼앗고, 무릎 꿇리고,
로켓 핵폭탄 만들어 세 과시하고
편리란 이름으로 개발에 또 개발이구나

이 땅 죽어 가고 종種이 줄어들고
지구 온난화에 킬리만자로 정상 눈이 사라지고
문명이란 이름으로 잠시의 쾌락과 편안함이
망하는 길 죽음에 이르는 길이거늘

버림으로 나눔으로 윤회 바다 벗어나
나는 죽어도 인류가
종種이
지구가 오래 사는 그 길
그 길이 바로 이 길뿐

- 가장 높은 가르침을 모르고 백 년 사느니보다
높은 이치를 알고 하루를 사는 게 낫다*

10
글쎄 말귀는 알아듣겠소마는
아니 뭔가가 뒤에서,
아니 그놈이 안에서 자꾸만 잡아당기는 것 같소

그게 보이지도 잡히지도 만질 수도 없고
가슴에 서로 왔다 갔다 하는 것도 아니러니

이 미련한 곰 놈아 아니 곰보다도 못한 놈아
이 속물 같은 놈에겐 몽둥이밖에 약이 없으니
여봐라 게 누구 없느냐
이놈 잡아다가 곤장 백여덟 대를 안기렸다!

11
맛이 좀 어떠냐?
오욕五慾과 팔고八苦에 몸도 마음도 다 버린 자리,
버리면 비지요 그 텅 빈 자리가 바로 부처님 자리
깨달음의 자리이니
뜬구름 보인다고 영원히 보이더냐?
안 보인다고 영원히 안 나타나더냐?

- 일체가 영원하지 않은 무상인데
지혜롭게 이 이치를 깨달은 사람은

고뇌에서 멀어질 수 있으리니

이것이 곧 평안에 이르는 길이로다*

* 불교 경전의 하나인 『법구경法句經』에서 엮은 총 423편으로 된 시구詩句들임.
인도 팔리Pali어로 써진 것을 한문으로 진리의 말씀[法句]이란 뜻으로 법구경이
라고 번역함. 『성경』의 「잠언」이나 「시편」 같은 것으로 이해할 수 있음.

전지전능하신 분이시여

1

전지전능하신 분이시여
모두 당신을 그렇게 부릅니다
네, 당신께서는 전지전능하십니다

당신의 형상대로, 아니
뜻대로,
마음대로,
말씀대로,
천지를 창조하시옵고
우리를 만드셨습니다

그런 분이시기에
꼭 물어보고 싶은 게 하나 있습니다
물론 이런 무례를 용서하여 주실 줄 믿습니다
당신은 믿음이요 사랑이시니까요

이왕 만드시는 김에 허점투성이로 만드시기보다는

마음에 꼭 드시게 만드실 수는 없었사옵니까

인간, 이게 한정 없이 선한 것 같아도
자세히 들여다보면 금수보다 더 악할 때가 많지요
끄떡하면 살육이요 전쟁이요 불바다지요
지옥이 별겁니까
인간 이것들이 하는 짓이 바로 지옥이지요
사자도 잔인한 포식자 같아도
먹을 만치 먹고 제 배 차면
놀거나 조는 게 고작이지요

그뿐이 아니옵니다
사랑, 사랑 하면서
오른손이 하는 일을 왼손도 모르게 하라시면서

인간 저희들끼리도 서로를 증오하고 갈등을 일으켜
죽이고 살리고 폭탄 하나로 수십 수백만을 죽이거나
끝내는 지구를 완전히 거덜 내 버릴 무기를 만드느라

사람 입히고 먹일 돈 쏟아 붓고 있으니 말입니다

그것도 모자라 어딘지는 몰라도
인간 깊숙한 곳에 숨겨 놓은 거 있지요
호랑이보다 더 무서운 불안과 공포
바로 그것을 몰래 숨겨 두셨습니다

선한 마음으로 땀만 흘리면
아무 걱정 없이 살게 해 줄 수는 없었나이까
잡아먹고 잡아먹히는 이 아귀지옥 세상에서
선한 뜻은 포식자의 밥이 되기 딱 알맞습니다
강해야 산다는 건 이 풍진 세상
그럴 수밖에 없다고 치고요
악하고 독한 자가 득세하는 세상이
되어 가고 있지 않습니까

선량하신 전지자시여
참으로 세상 살기 힘듭니다

"이것 좀 봐라 제일 좋게 만들어 줬더니
적반하장도 유분수지"
네, 그럴 만도 하실 겁니다
"내 내린 선한 지혜는 어디다 팽개치고
죽을 꾀 다 주워 모아 지구를 이렇게 만들어 놓고
이제 와서야"
참말로 지당하신 말씀입니다

허나 전지하신 분의 분부가 계셔 만든 이 세상이니
오순도순 아기자기 졸깃졸깃
살맛나게 만드실 수도 있었을 텐데 말입니다

엿새 동안 그 짧은 시간 큰 역사를 하시다가 천려일
실을,
아니면 창조를 하시다가 좀 피곤하셨습니까
입에 담기도 불경스럽습니다마는
심술이 나서서 그럴 리는 만무하실 거고요

인간에게만 특혜란 특혜를 다 주기는
공평치 않다는 생각이 드셨습니까
그것도 아니시라면
세상 사는 게 싱거워 심심할까 봐 곳곳에 장애물을
용의주도하게 배치해 놓으셨습니까

당신이 내려 주신 생명까지 모두 바치며
당신 말씀이라면 물불 안 가리고 믿고 따르는
당신의 형상을 한 아들딸들에게
밤보다도 더 무서운 불신과 불안부터
거두어 가실 수는 없사옵니까

전지전능하신 님이시여, 설마
"우주를 손가락으로 감아 돌리며 장난"*치실 리야
만무하시겠지요
당신께서 창조하신 생산된 만물이 이토록 아름다운데

---

* 괴테, 시 「프리에미온」에서 따옴.

거두어 주소서

증오와 갈등의 벅찬 물결 걷어 내고
제, 제 식구, 제 나라, 제 종족, 자기 인간들만 아는
이 세상을 거두시고

깨닫게 하소서
흰둥이도 누렁이도, 브라만도 불가촉천민도 없는,
하루살이도, 돼지도, 선인장도, 뱀도 개구리도
함께 사는 초록 별에
물처럼 바람처럼 선의와 신의가
어깨춤 같이 추는 그런 세상
전지전능하게 만들어 주옵소서

전지전능하신 분이시여

낙화落花에 대하여 · 1

잠시더라 잠시더라
참말로 잠시더라

- 너는 아느냐
한 송이 꽃이 아름답기 위해
우주가 앓는 산고를 다 겪는지를

또 아느냐 너는
그 화사함을 잇기 위해
한 생명 에너지를 다 토해 내는지를

그 실한 꽃대는 우주의 중심 잡고
그 붉은 꽃심은 태양 좇아 신명을 다 바쳤건만

잠시더라 잠시더라
참말로 잠시더라

아름다운 허상 하나

그림자도 없이 남겨 놓고

바람처럼 구름처럼

속절없이 뚜우뚝 떨어지다

낙화落花에 대하여 · 2

꽃은 지는 줄 알았더니
열매 맺고 씨 퍼뜨려
다음 봄 다시 피고

잎은 떨어지는 줄 알았더니
썩어 거름되어
이듬해 새잎으로 돋아나니

지는 건 지는 게 아니고
떨어지는 건 떨어지는 게 아니듯
돌고 이어지는 생명들의 이 장엄한 참모습을

가면 오고 오면 또 가네
피면 지고 돋으면 떨어질 줄 아는
이것이 지족知足이요 지족이면 상락常樂이라

귀여운 손자손녀 해맑은 웃음 함께
담 넘어 들려오는 왁자지껄 저 재잘댐이

굽이굽이 흐르는 물길이요
그물코를 뚫는 바람이니

서러워 말지어다
아침마다 오늘이란 새 선물 밝아 오니
지금 지는 이 꽃보다 더 아름다운 게
이 세상에 어디 있을꼬

만화영화 주제가 가사

개구리 왕눈이

미래소년 코난

우주소년 아톰

짱가

그랜다이져

독수리 오형제

꼬마자동차 붕붕

요술공주 밍키

빨강머리 앤

호호 아줌마

---

* 저자가 방송사 PD 시절 1969년부터 1980년대에 쓴 TV 만화영화 주제가로
작사한 38편 중 일부.

개구리 왕눈이

개구리 소년 뺌빠밤 개구리 소년 뺌빠밤

네가 울면 무지개 연못에 비가 온단다

비바람 몰아쳐도 이겨내고

일곱 번 넘어져도 일어나라

울지 말고 일어나 피리를 불어라

삘리리 개굴개굴 삘리리리

삘리리 개굴개굴 삘리리리

무지개 연못에 웃음꽃 핀다

미래소년 코난

148

푸른 바다 저 멀리 새 희망이 넘실거린다
하늘 높이 하늘 높이 뭉게 꿈이 피어난다
여기 다시 태어난 지구가 눈을 뜬다 새벽을 연다
헤엄쳐라 거친 파도 헤치고
달려라 땅을 힘껏 박차고
아름다운 대지는 우리의 고향
달려라 코난, 미래소년 코난, 우리들의 코난

우주 소년 아톰

푸른 하늘 저 멀리
랄라라 힘차게 나-는
우주 소년 아톰 용감히 싸워라
언제나 즐거웁게
랄라라 힘차게 나-는
우주 소년 아톰 우주 소년 아톰

짱가

어디선가 누구에게 무슨 일이 생기면
짜짜짜짜 짜짱가 엄청난 기운이 야!
틀림없이 틀림없이 생겨난다
지구는 작은 세계 우주를 누벼라
씩씩하게 잘도 난다
짱가 짱가 우리들의 짱가
당당하게 우주를 지킨다
짱가 짱가 우리들의 짱가

그랜다이져

태양을 향해라 용기를 마셔라
빛나는 앞날을 위하여
마음껏 날아라 힘껏 날아라
생명에 찬 이 우주를
초록빛 자연과 푸른 하늘과
하나뿐인 인간의 별 지구를 위해서
그랜다이져는 생명을 건다
UFO 군단을 무찌른다
그랜다이져 그랜다이져 그랜다이져

독수리 오형제

슈파 슈파 슈파 슈파
우렁찬 엔진 소리 독수리 오형제
쳐부수자 알렉터 우주의 악마들
불새가 되어서 싸우는 우리 형제
태양이 빛나는 지구를 지켜라
정의의 특공대 독수리 오형제

초록빛 대지의 지구를 지켜라
하늘을 나-는 독수리 오형제
우주를 누비는 독수리 오형제

꼬마자동차 붕붕

붕붕붕 아주 작은 자동차
꼬마 자동차가 나간다
붕붕붕 꽃향기를 맡으면
힘이 솟는 꼬마 자동차
엄마 찾아 모험 찾아
나서는 세계여행
우리도 함께 가지요
꼬마차가 나가신다 길을 비켜라
꼬마차가 나가신다 길을 비켜라
랄랄라라 랄랄라라
귀여운 꼬마 차는 친구와 함께
어렵고 험한 길 헤쳐 나간다
희망과 사랑을 심어 주면서
아하 신나게 달린다
귀여운 꼬마 자동차 붕붕

요술공주 밍키

요술공주 밍키 밍키 밍키

너와 나의 밍키 밍키 밍키

빛을 타고 내려온 요술공주 밍키 밍키

우주로 날아가 버린 요술나라 꿈나라

꿈과 희망의 요술나라 여기 있네

요술로 풀어 보는 우리들의 세계

요술공주 밍키 밍키 밍키

너와 나의 밍키 밍키 밍키

꿈과 희망의 요술공주 밍키 밍키

빨강머리 앤

주근깨 빼빼 마른 빨강머리 앤
예쁘지는 않지만 사랑스러워
상냥하고 귀여운 빨강머리 앤
외롭고 슬프지만 굳세게 자라
가슴에 솟아나는 아름다운 꿈
하늘에 뭉게구름 펴져 나가네
빨강머리 앤 귀여운 소녀
빨강머리 앤 우리의 친구

호호 아줌마

방글방글 아줌마 투덜투덜 아저씨
아줌마가 펼치는 꿈속 같은 이야기
꼬마 친구 숲속 친구 모두모두 즐거워
꼬마 친구 숲속 친구 모두모두 즐거워
아무도 모르지만 숲속 요정 알아요
호호 아줌마가 작아지는 비밀을
새를 타고 하늘을 나는 호호 아줌마
개미만큼 작아지는 호호 아줌마
오늘은 오늘은 어떤 일이 벌어질까
하하호호 아줌마 우리 호호 아줌마
꼬마 친구 숲속 친구 모두모두 즐거워
꼬마 친구 숲속 친구 모두모두 즐거워

　졸시집을 내는 데 직간접으로 도움을 주신 모든 분에게 감사를 드린다.

　먼저 한밥상 한이불을 쓰는 집사람과 딸들과 아들, 며느리, 그들은 시 소재를 물어다 주는 조력자이면서 조언자이기도 하다. 세 번에 걸쳐 서문을 써 주신 김규동 선생님께 존경과 감사의 말씀을 올린다. 시단에 저를 추천해 주신 것은 물론 세 번 다 김 선생님의 채근으로 시집이 나오게 되었다. 살아 계시는 몇 안 되는 원로 시인이신데 오래오래 건강하게 후학을 지도해 주시길 간절히 기도드린다. 또한 시와시학사의 김재홍 교수님과 김정초 실장, 이지은 편집장은 직접 산파역을 맡아 도움을 주셨다. 시집 제목을 고민할 때도 김 교수님의 할 한 방으로 햇빛을 봤고 표지화 선정과 마지막 정리까지 이 분들의 꼼꼼한 손길을 거쳤다. 표지화를 주신 박영대 화백께도 큰 신세를 졌다. 올 만해축전 때 백담사까지 가면서 나눈 예술과 인생에 관한 많은 애기들은 앞으로도 큰 도움이 될 것이다. 간지의 사진은 큰딸이 직접 찍은 사진 중에서 골랐다. 또한 시와시학사의 같은 시 도반들의 한 말씀 한 말씀이 이 졸시집에 녹아 있다.

　이뿐이겠는가? 아침 약수터를 가면서 수인사를 나누는 동네 분들은 물론 지하철이나 만원버스, 창 너머 흔들리는 이름은 모르나 오래된 나의 나무 친구들, 한 달에 한 번씩은 꼭 들리는 달님, 삼월 아직도 시린 소매 끝을 스쳐 지나가 버린 바람하며 새벽마다 울어 주는 얼굴 한 번 못 봤지만 친구 같은 마을의 닭 무리들. 어찌 눈에 보이는 유정有情들뿐이겠는가? 지금은 흙으로 돌아가신 조부모님과 부모님의 음덕이 없이 어찌 내가 서 있을 수 있겠는가? 나 하나 세우기 위해 참으로 많은 분의 도움이 필요하다는 연기의 엄연한 진리와 감사함을 느끼는 순간, 삶을 허투루 살 수 없음을 뼈저리게 느낀다.

첫 시집과 두 번째 시집은 겁도 없이 냈다. 애들이 걸음마를 배우는 것과 비슷하다 할까 이제 겁이 난다. 그동안 쓴 시를 챙기다 보니 부끄러움이 앞을 가린다. 그래서 개중에는 1, 2집에 실린 시를 손질해 옮겨 심은 시도 몇 편 된다. 마지막에 부록으로 1969년부터 1980년대 중반 일선 PD로 뛸 때 작사를 한 TV 만화영화 우리말 주제가가 38편 중 10편만 추려 모았다. 이 노래를 부르며 자란 이들이 벌써 이 사회의 주축으로 활동하고 있다. 꿈과 희망을 노래 속에 스며 넣으려 애썼던 내 젊은 시절이 그립기도 하다.

앞으로는 종교에 대한 물음, 신과 인간의 그 질긴 관계에 관심을 가져 보고자 한다. 결국 유한한 인간이 가는 궁극의 길이 귀의 아닌가 하고 느껴진다. 애정 어린 채찍과 격려를 모아 주시길 빈다.

시인 박준영/ 朴埈永
TBC(옛 동양방송) PD, 영화부장
KBS 편성국장, 대구총국장, TV본부장
KBS 미디어 대표이사
대구방송 사장
SBS 기획, 편성, 제작, 지원본부장
방송위원회 상임위원
한국방송영상산업진흥원장등 역임

한글문학 김규동 시인 추천으로 등단
한국문인협회, 한국시인협회, 한국펜클럽회원
시집:『도장포엔 사랑이 보인다』
　　　『장안에서 꿈을 꾸다』외
　　　"개구리 왕눈이"등 한국 TV 만화영화 주제가 38 편 작사

얼짱, 너는 꼬리가 예쁘다

지은이 | 박준영
펴낸이 | 설보혜
펴낸곳 | Poetics 시학
1판1쇄 | 2009년 11월 20일
출판등록 | 2003년 4월 3일
주소 | 서울 종로구 명륜동1가 42
전화 | 744-0110
FAX | 3672-2674

값 8,000원

ISBN 978-89-91914-79-7 03810